একদিন বুড়ি তার কুকুরদের ডেকে বলে, "অনেকদিন হল আমার মেয়েকে দেখিনা। তোরা এখানে থাক্। আর আমি ঘুরে আসি।" সে তার ব্যাগ গুছিয়ে রওনা দিল।

One day, she told her dogs, "It's time for me to visit my daughter. Stay here until I return." She packed her bag and went on her way.

জঙ্গলে একটু যেতেই এক শেয়ালের সাথে দেখা।
"বুড়ি এইইই বুড়ি, আমি এখন তোমায় খাবো," সে দাঁত
খিঁচিয়ে বলল।

She hadn't gone far into the forest when she met a fox.
"Buri Buri, I want to eat you," he snarled.

বুড়ি আর ম্যাড়ো

Buri and the Marrow

An Indian Folk Tale

Retold by Henriette Barkow
Illustrated by Lizzie Finlay

Bengali translation by Sujata Banerjee

MANTRA LINGUA

অনেক দিন আগের কথা। এক বুড়ি তার দুই কুকুর লালু আর ভুলুকে নিয়ে থাকত। তার একমাত্র মেয়ে অনেক দূরে জঙ্গলের আরেকদিকে থাকত।

Once, there was an old woman who lived with her two dogs, Lalu and Bhalu. Her only daughter lived on the other side of a forest, far away.

"ও শেয়াল ভাই, তুই এই রোগা বুড়িকে কি আর খাবি। একটু সবুর কর্,
আমি যাচ্ছি মেয়ের ঘর। খাবো, দাবো, মোটা হব। "
"এই বুড়ি, ফিরবে যখন তোমায় খাবো," শেয়াল দাঁত খিঁচিয়ে বলল।

"Oh fox, you don't want to eat a thin Buri like me. Wait until
I return from my daughter's, then I'll be nice and fat."
"Buri Buri, when you return, I shall eat you," snarled the fox.

বুড়ি আবার চলতে শুরু করল। একটু যেতেই এক বাঘের সাথে দেখা।
"বুড়ি এইইই বুড়ি, আমি এখন তোমায় খাবো," সে গর্জন করে বলল।

The old woman continued her journey until she met a tiger.
"Buri Buri, I want to eat you," he growled.

"ও বাঘ ভাই, তুই এই রোগা বুড়িকে কি আর খাবি। একটু সবুর কর্‌, আমি যাচ্ছি মেয়ের ঘর। খাবো, দাবো, মোটা হব। "
"এই বুড়ি, ফিরবে যখন তোমায় খাবো," বাঘ গর্জন করে বলল।

"Oh tiger, you don't want to eat a thin Buri like me. Wait until
I return from my daughter's, then I'll be nice and fat."
"Buri Buri, when you return, I shall eat you," growled the tiger.

বুড়ি আবার চলতে শুরু করল। একটু যেতেই এক সিংহের সাথে দেখা। "বুড়ি এইইই বুড়ি, আমি এখন তোমায় খাবো," সে খুব চিৎকার করে বলল।

The old woman went on her way again until she met a lion.
"Buri Buri, I want to eat you," he roared.

“ও সিংহ ভাই, তুই এই রোগা বুড়িকে কি আর খাবি। একটু সবুর কর্,
আমি যাচ্ছি মেয়ের ঘর। খাবো, দাবো, মোটা হব।”
“এই বুড়ি, ফিরবে যখন তোমায় খাবো,” সিংহ চিৎকার করে বলল।

“Oh lion, you don't want to eat a thin Buri like me. Wait until I return from my daughter's, then I'll be nice and fat.”
“Buri Buri, when you return, I shall eat you,” roared the lion.

তারপর বুড়ি তার মেয়ের বাড়ি পৌঁছাল।
"ওরে মেয়ে পথে কি বিপদেই না পড়েছিলাম। প্রথমে দেখা এক
শেয়ালের সাথে। তারপর এক বাঘ আর সব শেষে এক সিংহ।
তারা সকলেই বসে আছে আমায় খাবে বলে। "

At last, the old woman arrived at her daughter's house.
"Oh Daughter, what a terrible journey I've had. First I met a fox,
and then a tiger and then a lion. They're all waiting to eat me."

"কোন চিন্তা করো না মা। একটা কিছু ফন্দি করতে হবে। কিন্তু প্রথমে একটু বিশ্রাম করে কিছু খাও," মেয়ে বলল।

"Don't worry Mother, we'll think of something. But first, you must rest and have some food," answered her daughter.

বুড়ি তার মেয়ের কাছে তিন মাস থাকল। তার মেয়ে তাকে যত্ন করে খুব খাইয়েছে। সে বেশ সুন্দর মোটাসোটা গোল গাল হয়েছে।

The old woman stayed with her daughter for three months. During that time, she was given so much to eat that she became nice and fat and round.

এখন বাড়ি ফেরার সময়। বুড়ি তার মেয়েকে ডেকে বলল,
"কি করা যায় বল্ তো? সব জন্তুগুলো বসে আছে আমায়
খাবে বলে। "

When it was time to go home, the old woman asked her daughter,
"What shall I do? All the animals are waiting to eat me."

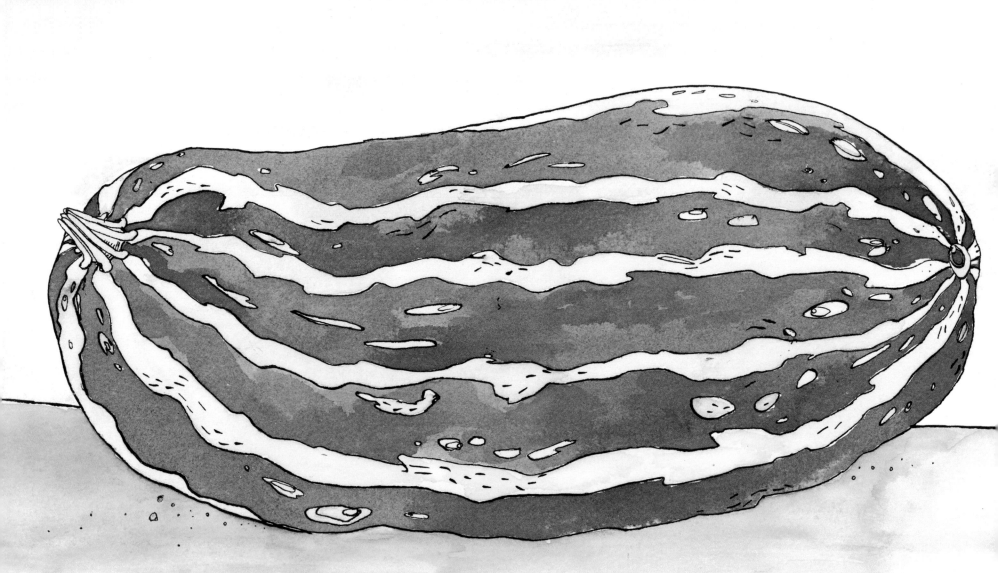

“মা এদিকে এসো। আমি একটা ফন্দি করেছি। ” বলে মেয়ে বাগানে গেল। সব চেয়ে বড় ম্যাড়োটা তুলে তার উপরটা কাটল। তারপর ভেতর থেকে সবটা বার করে খালি করল।

“Come Mother, I have a plan,” answered the daughter, and went into the garden. There, she picked the largest marrow she could find, cut off the top and hollowed it out.

"ভিতরে ঢুকে পড়ো। তারপর আমি ম্যাড়োটাকে ধাক্কা দেব। আর সে
গড়গড়িয়ে তোমায় বাড়ি নিয়ে যাবে। চলি মা, আবার দেখা হবে। "
বুড়ি তার মেয়েকে জড়িয়ে ধরে বলল, "চলি আবার দেখা হবে। "

"Climb in. Then, I'll push the marrow, and it will roll you home. Goodbye Mother."
"Goodbye Daughter," answered the old woman, as they hugged each other.

মেয়ে ম্যাড়োর উপরটা বন্ধ করে এক ধাক্কা দিল।
ম্যাড়ো গড়াতে শুরু করলে বুড়ি গুন্ গুন্ করে
গান গাইতে লাগল:

"ম্যাড়ো চলে গড়িয়ে গড়্ গড়্ গড়্
চলি আমি বাসায় চল্ চল্ চল্।"

The daughter sealed the marrow and gave it a push.
As it rolled along, Buri quietly sang:

"Marrow turning round and round
We are rolling homeward bound."

সিংহের কাছে পৌঁছালে সে চিৎকার করে বলে, “ম্যাড়ো, তুই বেশ বড়। রসে তাজা টুস্‌টুস্‌। হুম! আমি আছি বসে, খাব বুড়িকে কুচ্‌মুচ্‌।” আর এক ধাক্কা দেয়। আবার ম্যাড়ো গড়াতে শুরু করলে বুড়ি গান ধরে:

“ম্যাড়ো চলে গড়িয়ে গড়্‌ গড়্‌ গড়্‌
চলি আমি বাসায় চল্‌ চল্‌ চল্‌।”

When it reached the lion, he roared, “Marrow you're big and juicy, but I'm waiting for my Buri,” and he gave it a push. As it rolled along, Buri sang:

“Marrow turning round and round
We are rolling homeward bound.”

বাঘের কাছে পৌঁছালে সে গর্জন করে বলে, "ম্যাড়ো, তুই বেশ বড়। রসে তাজা টুস্‌টুস্‌। হুম! আমি আছি বসে, খাব বুড়িকে কুচ্‌মুচ্‌।" আর এক ধাক্কা দেয়।
আবার ম্যাড়ো গড়াতে শুরু করলে বুড়ি গান ধরে:

"ম্যাড়ো চলে গড়িয়ে গড়্ গড়্ গড়্
চলি আমি বাসায় চল্ চল্ চল্।"

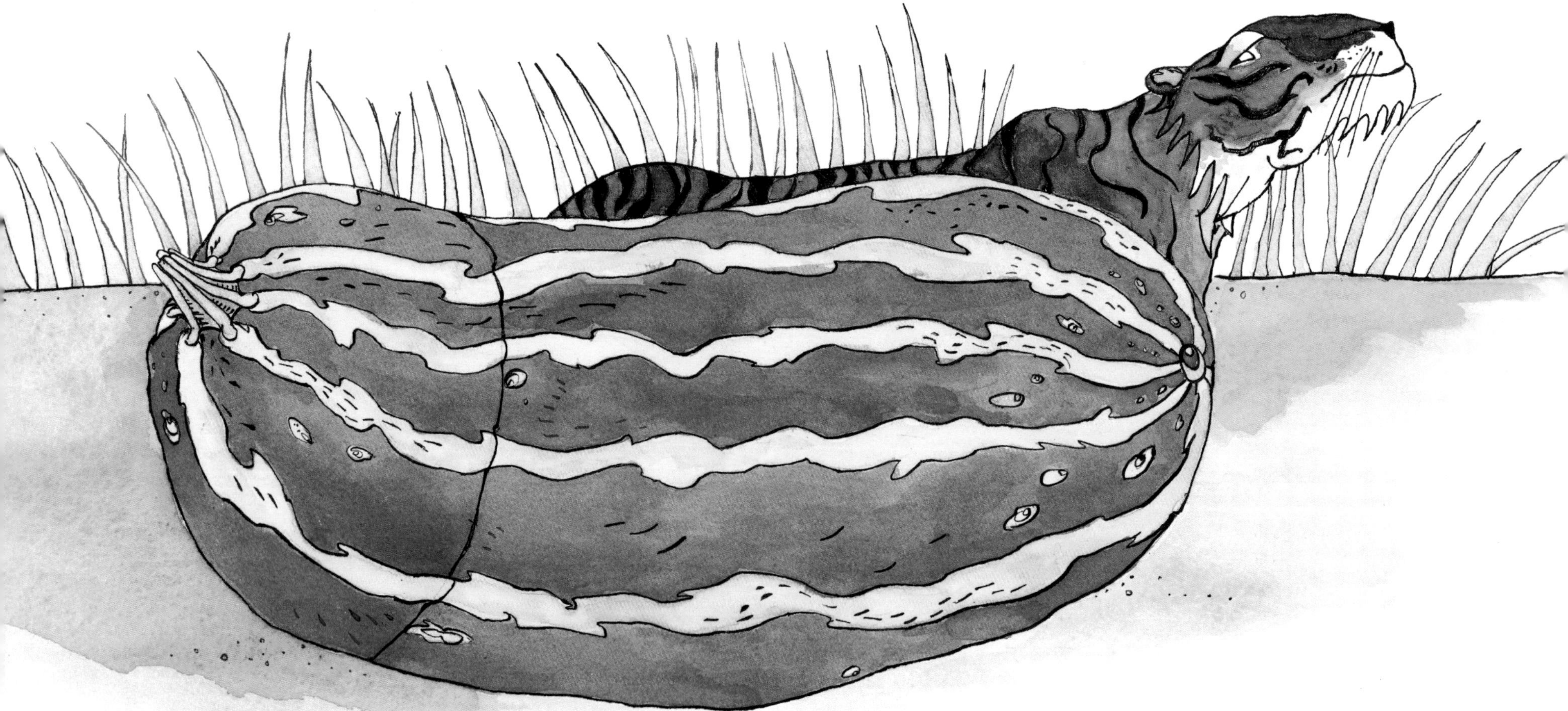

When it reached the tiger, he growled, "Marrow you're big and juicy, but I'm waiting for my Buri," and he gave it a push.
As it rolled along, Buri sang:

"Marrow turning round and round
We are rolling homeward bound."

কিন্তু শেয়ালের কাছে পৌঁছালে সে তাকিয়ে দাঁত খিঁচিয়ে বলে,
"ম্যাড়ো, তুই বেশ বড়, রসে তাজা। জানি আমি বুড়ি লুকিয়ে
আছে ভিতরে সোজা।"

But when it reached the fox, he looked at it and snarled,
"Marrow you're big and juicy, but I know you're hiding my Buri."

এই বলে শেয়াল ম্যাড়োর উপরে ঝাঁপিয়ে পড়ে টেনে ছিঁড়ে খুলে ফেলল।
দেখে ভিতরে বুড়ি বসে আছে।
"বুড়ি এইবার আমি তোমায় খাব," দাঁত খিঁচিয়ে বলল।

And the fox pounced onto the marrow and tore it apart. Inside, he found the old woman.
"Buri Buri, I'm going to eat you now," he snarled.

"ও শেয়াল ভাই, নিশ্চয়ই খাবে। কিন্তু দয়া করে আমার বাড়িটা একবার দেখতে দাও," বুড়ি মিনতি করে বলল।
"বুড়ি রে বুড়ি, ঠিক আছে। আমি তোমায় বাড়ি দেখতে দেব," শেয়াল বলল।

"Oh fox, before you eat me, please let me see my home again," pleaded the old woman.
"Buri Buri, I WILL let you see your home," said the fox.

যেই তারা বাড়ির কাছে গেছে বুড়ি চিৎকার করে বলে,
"এই লালু! এই ভুলু! বাঁচা আমাকে! বাঁচা আমাকে!"
আর অমনি দুই বিরাট কুকুর বেড়িয়ে এসে শেয়ালকে
তাড়া করল। শেয়াল তো দৌড়! দৌড়! দৌড়! দৌড়!
তারপর পালিয়ে বাঁচল।

When they reached the old woman's house, she screamed,
"Lalu! Bhalu! Save me! Save me!"
The two big dogs raced out of the house and chased the fox,
who ran and ran until he got away.

থেমে সে নিঃশ্বাস ছেড়ে বলে, “উহ্! বুড়িরে বুড়ি, আমার সাথে চালাকি করলি। আমার খাবার জন্যে শুধু ম্যাড়ো রাখলি!” তারপর কোনদিন সেই শেয়াল ভয়ে বুড়িকে আর জ্বালায়নি।

When he stopped, he sighed, “Buri Buri, you got the better of me.
Now, all I have is marrow for my tea.”
As for the old woman, she was never troubled by the fox again.

For
Chabi Dutta whose telling of the story inspired this book.
H.B.

For

my mum and dad, with love.
L.F.

Buri and the Marrow is a Bengali folk tale. The word *Buri* means *old woman* in Bengali

Mantra Lingua
Global House, 303 Ballards Lane, London N12 8NP
www.mantralingua.com

First published in 2000 by Mantra Lingua
This edition 2006
Text copyright © 2000 Henriette Barkow
Dual Language Text copyright © 2000 Mantra Lingua
Illustrations copyright © 2000 Lizzie Finlay

A CIP record for this book is available from the British Library